JN060276

大阪外国語大学正門前
にて、新入部員勧誘の
ため合気道の演武をす
る（左が筆者）

Despedida a diplomático japonés

Con una recepción en la embajada del Japón se despidió al Sr. Kazuhiro Nakamura, segundo secretario, el que regresará a su país para cumplir con otras funciones diplomáticas. En la gráfica el señor Nakamura y su esposa doña Makinawa Nakamura, acompañados de Manuel Hernández, Director General de Protocolo; Jorge Urbina, Viceministro de Relaciones Exteriores; Dr. Hernán González, Ministro de Juventud, Cultura y Deportes y su esposa doña Evangelina de González. (Artavia)

コスタリカ離任レセプションが新聞に写真付きで紹介された
1985年1月19日付『LA REPUBLICA（ラ・レプブリカ）』
左からコスタリカ外務省の儀典長、外務次官、筆者妻、筆者、
文化スポーツ大臣夫妻

スペイン・セゴビアのお城にて息子と

1998年3月25日、陛下とフェリペ・スペイン皇太子（現国王）
のご通訳を務める　（© Agencia EFE）

ウルグアイ、モンテビデオの大使公邸で妻と
（日本のナショナルデーである天皇誕生日のレセプションにて）

ボリビアの学校引き渡し式で挨拶

２度目のキューバ在勤時、ハバナの囲碁クラブにて。スペイン語で講義する筆者

東京都主催『外国人おもてなし語学ボランティア』フォーラムにて体験談を披露

ノンキャリ外交官
万事塞翁が馬の半生記
まさか、語学苦手、外国人恐怖症の私が!?

中村一博
NAKAMURA Kazuhiro

文芸社

はじめに

悔いなし外務省39年

　私は1952年生まれなので、2022年に70歳になってしまった。

　母は京都市生まれで、西陣織、絞りの兵児帯等を扱う大店呉服店主を祖父に持つ、分家３人娘の長女だった。両親に早く先立たれた上に、戦後の財産税法で本家と共に資産の大半を失い、相当厳しい生活状況にあったようである。満州から復員して郵便局に勤めていた男性と出会い、二人は結婚を考えるようになったが、相手が長男だったため大揉めになった。結局、相手が養子に入ることでようやく結婚した。

　私を含め３人の子供を抱えての毎日の生活は大変で、母は婦人服の仕立ての内職でずっと家計、学費を支えてくれた。父は尋常小学校しか出ていなかったが、厠の新聞紙のおとし紙で漢字を覚えたのが自慢であった。独学ながら字が上手いことがあちこち

3

で重宝され、戦前から京都中央郵便局の庶務課に勤務していた。郵便局勤務とはいえ通信や電信とは全然縁がなかったが、軍隊では、逓信省と同じだとみなされて司令部の通信兵としての任務に就いた。目が良かったので狙撃手候補にもなったそうだ。そのおかげで最前線に送られることなく終戦を迎えていた。父の人生も、万事「塞翁が馬」そのものだったようだ。

　乳母日傘育ちの祖母が、娘（母）を外交官に嫁がせたがっていたという話を、何度も母から聞いていた。

　祖父は大阪にあった三菱倉庫に勤めていたが、1944年、戦争の真っ只中に45歳の若さで亡くなっている。幹部候補と嘱望されていたが、面疔というおできができたのがもとで呆気なく逝ってしまったそうだ。治療薬であるペニシリンの国内製造が始まる直前のことであった。この時、母はまだ15歳であった。祖父は葉巻、とりわけハバナが好きだったようである。なぜかそのこともずっと私の頭に残っていた。外交官、葉巻、とても心地よい言葉であった。

その後、祖母も47歳の若さで亡くなった。母が21歳の時であった。以来母は、子供３人に加え、妹２人の面倒も見ることとなった。しばらくすると、父方の祖父と父の兄弟たちが順繰りに居候するようになった。私たち兄弟妹３人は、母の曽祖父が唯一残してくれた烏丸松原のうなぎの寝床といわれる京家があったおかげで戦後を生き延びることができた。

　そんなわけで、賑やかではあったが、贅沢をさせてもらった記憶は一切ない。学習机を買ってもらったのは中学になってからで、それまでは丸いお膳できょうだいが一緒に勉強した。私たちは、母に「為せば成る、為さねばならぬ何事も、成らぬは人の為さぬなりけり！　しっかり勉強しよし！」と、何度も言われて育った。

　結局、大学入試には苦労することとなったが、なんとか二浪の末に大阪外国語大学のイスパニア（スペイン）語科に滑り込んだ。

　そんな私は、ひょんなことから外交官を目指し、1976年春に外務省に入省することになった。大学３年次での合格だったので大学は中退した。外国人が

怖くて英語もろくに話せないのに、外交官になってしまったのである。外務省には海外研修制度があり、「国費で留学させてもらえるなら……」という根っからの貧乏根性から異様に勉強に身が入った結果、幸運にも合格してしまったのだった。なので私は由緒正しい良家のキャリア外交官ではない。中級採用の、スペイン語語学研修員（現在の外務省専門職員）としての合格だった。いわゆるノンキャリ外交官である。

　結局、足掛け39年間も外務省に勤めることになった。自分の性格は至って根明で何事にも積極的、果敢に挑戦する、かなりの熱血漢だったと思っている。若い頃はそれなりに評価されていたのだと思うが、結局は総領事にも大使にもなれなかった。2014年秋に定年を待たずに62歳で早期退職を決断するに至るが、今も外務省には感謝の気持ちでいっぱいである。

　貴重な思い出はたくさんあるが、とりわけ天皇陛下のスペイン語通訳を仰せつかり、足かけ６年にわたり、計33回も出役の栄誉を賜ったことは身に余る

光栄であった。詳しい内容は畏れ多くてとても書き残せないが、明仁上皇陛下、美智子上皇后陛下には感謝の気持ちでいっぱいである。

　年金生活に入って早８年、自由になった身の心地よさ。誰にも雇われることのない生活を満喫しているうちに、これこそ最良の第二の人生との思いからボランティア活動に目覚めることになった。決してピカイチではない英語とスペイン語ではあるが、コミュニケーションは十分可能な日英西の多言語ボランティアだ。外務省入省以来、公費で鍛えてもらった日本語と英語とスペイン語で少しでも社会に恩返しできれば本望との思いであった。

　思い起こせば、私の最後の在勤地はベネズエラのカラカス、日本大使館の次席（公使の肩書き）だった。2013年９月、アルゼンチンで開催される国際オリンピック委員会（IOC）総会に向かう、安倍総理が搭乗する特別機の領空飛行許可をベネズエラ政府に要請した。資源の国有化を強硬に進めたことで国際社会に波紋を広げていたウゴ・チャベス大統領が

死去して間もない頃で、ベネズエラ国内の政治情勢は混沌としていた。ベネズエラ外務省との交渉は円滑でなく、文書のやりとりが頼りの状況であった。口上書（外交文書）だけの要請で大丈夫だろうかと不安がよぎる。その上、米国カリブ経由の特別機はベネズエラ領空を往復3度も通過するではないか。ようやく当局との面談が叶ったが、「安倍総理は通過するだけで、一体いつベネズエラに来てくれるのか」と嫌味を言われた。幸い、やっとの思いで許可がもらえたが、間に合うのかドキドキの毎日だった。

　こうして2020年の東京オリンピック開催が決まったが、私のように頼りない外交官がベネズエラ政府の了解を取り付けられなかったらオリンピックの開催はなかったかもしれない。安倍総理の「福島第一原発はアンダーコントロール」との招致スピーチの出番はなく、IOC委員を魅了した滝川クリステルさんの流暢なフランス語プレゼンも、「お・も・て・な・し」の一言も色褪せていたかもしれない。

　でもこれも何かの縁だ。引退後開催されるオリンピックで英語とスペイン語の多言語ボランティアをやってみたいものだと思った。

　こんな私が入省来、外務省で一番苦労したのはとにかく英語であった。これまでずっと思ってきたことであるが、私同様、日本人はなぜどうしようもなく英語が苦手なのか。日本にやってくる外国人留学生や技術研修生は、1、2年で難しい日本語でのコミュニケーションを身につけ、それぞれの専門分野で高度な日本語を駆使している。日本人は、中高6年間も英語を教えてもらっているのに、ハリウッド映画も字幕、吹き替えなしで見られないし、ハリー・ポッターすら原文で読めないではないか。このことについては、私はどこに原因があるのかなんとなく分かる気がしている。高いお金を払って駅前留学や英会話のテキスト、DVDをいくら本棚に並べても英語はうまくなれないのである。

　日本人が気楽に英語プラスもう一言語を話せるようになり、日本が実用多言語国際国家になる日を夢見つつ、英会話が苦手で、外国人恐怖症だった私が、どうして外交官に、陛下のスペイン語ご通訳になれたのかを振り返ってみることは案外面白いのかもしれない。そこで、私のこれまでの歩みを整理してみ

ることにした。

　とはいえ、自分の半生を記し、生き様を晒すというのはなかなか勇気がいるものである。だが、いつの間にか、あと何年生きられるか考えるような年になってしまった。恥の書き納めもそろそろいいのではないか。

　一流でもなく、ずば抜けた専門家でもない、一芸に秀でているでもなく、経財界に詳しいわけでもなく、日本を変える歴史上の人物でもない者が、一冊の本を世に出す。こんなノンキャリ外交官人生、果たして書く意味があるのだろうか？　それでも一大決心して、文芸社の「人生十人十色大賞」に応募してみた。締め切り２週間前に募集を知り、必死で原稿を書き、当日消印有効でギリギリ応募に間に合った。入選は望むべくもなかったが、「この、陛下のそばでニコニコ通訳している写真だけでもすごいですね！」と身に余る講評をいただいた。私の思いが通じたのかもしれない。まだまだ人生捨てたものではない、70歳のじいさんでもこうやって毎日頑張って生きていける。頑張っていれば、きっとまだまだいいことがあるのかもしれない。

　人間万事塞翁が馬！　どん底の下にはもう何もない。いい時がいつまでも続くわけもない。こう思っているだけで、案外悪くないと思えてくるものだ。

　では、早速始めさせていただこう。

2023年1月　筆者記す

目　次

第一部
京都で芽生えた旺盛な好奇心から外務省へ
(1952 - 1977)

　私が小学生の頃にはすでに、京大へ行くには特別
の塾へ行かないとだめだという話で、なんと有名塾
の月謝は郵便局勤めだった父の給料とほぼ同じ額だ
った！　我が家では弟妹、家族５人が食べていくの
が精いっぱいだったので、基本お金のかかる習い事
は一切厳禁だった。そこで私は、算盤、習字、絵画
教室、ピアノを習っている友達についていっては見
学させてもらって帰ってくるということをした。と
にかくなんでもやってみたかったのだ。

　小学校３、４年の頃だっただろうか。たまたまレ
ース鳩を飼っている友達がいて、自分もやってみよ
うと思い立った。庭に鳩小屋を建て、土鳩のつがい
を捕まえてきて飼い始め、レース鳩の卵をもらって
きては孵化させてレースに出すようになった。秋田

の酒田放鳥800キロメートルレースに出すのが夢だったが、結局びわこ箱館山100キロメートルレース止まり。やはり血統が大事だったようだ。それでも鳩小屋は拡張に拡張を続けた。

　しかし、拡張しすぎると破綻するのが世の常！中学2年の夏の終わりの暑い日だった。野良猫の襲撃を受け鳩は全滅、私のレース鳩事業はすべて良き思い出と化した。猫の爪で引き裂かれた若いレース鳩の死骸を手に玄関先で泣いた。珍しく父が「かわいそうなことしたな」と慰めてくれた。不思議なことに今でも十数羽の鳩の可愛い顔、孵化して元気に飛び回るようになった勇姿をよく覚えている。目を手で覆って仰向けに寝かせると鳩は手を離しても身動きできなくなる。催眠術といって家族を喜ばせたものだ。右の羽が生まれつき短い身障鳩が生まれた。分厚いレース鳩の羽を持つ立派な雄だったが、片方の羽では飛べない。兄弟からもいじめられるので、私が口を開けて餌と水をやって育てた。クックルックー、ククルクーと私の手の甲に乗って遊んで大きくなった。大きくなって仮母とつがいにしてやり、多くのレース鳩を育ててくれていたが、彼も、その

家族も全滅だった。

　鳩の餌代等を稼ぐため小学校4年から4年間新聞
配達をやった。暴風雨の中の雨合羽での配達や手の
かじかむ雪の日の配達はつらかったが、鳩のためと
頑張った。父も母も「よく続くなあ、いつ辞めても
いいで」と呆れていた。なんでもお兄ちゃんの真似
をする年子の弟もやった。新聞配達での悲喜こもご
もは語り尽くせないほどあるが、書き出すと収拾が
つかなくなるので別の機会としよう！

　1964年、小学6年生の時に東京オリンピックが開
催された。私に外国、世界を身近に感じさせてくれ
た最初の感動的なイベントだったが、まだ英語とは
無縁だった。

　中学で初めて習う英語の授業は面白かった。みん
なが同じスタートラインに立って勉強を始められる
ところが気に入った。先生が美人だったせいもある
が、今思うと先生のｒの発音はダメだった。それで
私はずっと長い間、発音を勘違いさせられたままで
あった。

　お金のかからない部活をすることにした。コーラ

ス部ではテノールのパートリーダーをやらされたし、美術部ではデッサンも褒められたが、楽譜は読めず、デッサンも人並みの域を出なかった。

　高校入試はもちろん公立一本、私立校選択の余地はなかったし、落ちれば大工か左官屋に丁稚奉公だと言われていた。どうにか滑り込み合格だったような気がしている。

　高校に入ってからも英語の授業は好きだったが、成績はトップクラスではなかった。NHK のテキストを時々買ってきては、テレビでよく英会話の番組を見たが、NHK の朝ドラ「カムカムエヴリバディ」の主人公安子のように英語がしゃべれるようにはならなかった。NHK のせいとはいわないが、英語はそんなに簡単なものではない。そして相変わらず、見慣れた日本人とは風貌が異なる、体毛が濃くて体の大きな外国人のことはずっと怖いままであった。

　ある日、映画「My Fair Lady」を見て衝撃を受け、オードリー・ヘップバーンの大ファンとなった。映画のサウンドトラックの LP レコードを何度も聴い

て主要主題曲をすべて暗記するほど歌い込んだ。最初にイライザが市場で歌う曲、「素敵じゃない？（Wouldn't It Be Lovely?)」でロンドン訛りのコックニーを覚えた。今でも「踊り明かそう（I Could Have Danced All Night)」と「君住む街角（On the Street Where You Live)」はカラオケで歌える十八番だ。「いまに見てらっしゃい（Just You Wait)」、「あなたなしでも（Without You)」、「証拠を見せて（Show Me)」、「スペインの雨（The Rain in Spain)」、「なぜ英語ができんのか（Why Can't the English?)」、「アスコット・ガヴォット（Ascot Gavotte)」、「彼女のことで頭がいっぱい（I've Grown Accustomed to Her Face)」「運が向いてきたぞ（With A Little Bit of Luck)」など、劇中の数多くの歌がお気に入りだった。

　思い起こせば、私のスペインのイメージは、広大なオリーブ畑の続く平野に降り注ぐ土砂降りの雨だった。すなわち "The rain in Spain stays mainly in the plain."。ロンドンの下町育ちのイライザが ai の発音をエイではなくアイと発音する訛りを、ヒギン

ズ教授が矯正する歌にある光景であった。このエイ、アイの発音は日本人にはそんなに難しくない。しかし、何度歌っても「踊り明かそう」の"could have danced"がうまく歌えない。どうしてもついていけないのである。"アイクッダブ"と発音できるようになって、無事歌えるようになったのはずいぶん後のことであった。"アイ クッド ハブ"と、子音に母音がくっついてしまう日本人の発音ではリズムについていけないのである。所詮独学の悲しさ、当時の私はこの程度の英語力だった。

　高度で洗練された英語を身につけて堂々と振る舞えるまでに変身したイライザが踊る華麗な舞踏会のシーンは、私にとってまさに映画の中だけの別世界であった。ヘップバーンの初主演作「ローマの休日」でのアン王女の華やかな親善外国訪問や宮殿のシーンとも重なり、外交や社交の世界への憧れが生まれ始めていたのかもしれない。ヒギンズ教授は、ロンドンの下町育ちでコックニー訛りのひどいイライザを半年で社交界にデビューさせることに成功するではないか。ひょっとすると、自分も半年くらい頑張れば、英語がうまくなれるかもしれないと胸を

熱くした記憶が今も残っている。

　私の「My Fair Lady」熱は冷めやらず、原作となったバーナード・ショーの『ピグマリオン』まで手を伸ばし、読破した。意味不明のところは飛ばしたが……。でも原文でとにかく読破したという満足感があった。視聴可能なほとんどすべてのヘップバーンの主演映画を見て、トルーマン・カポーティの『ティファニーで朝食を（Breakfast at Tiffany's）』も原文で読み、「ムーンリバー」の歌詞を覚えた。

　そんな高校生活であったが、当時たまたま熱帯魚ブームが起こっていたため、希少グッピーを大量生産して一攫千金を夢見た。水槽をいくつも並べるところまでいったが、こちらも九州への修学旅行中にヒーターが壊れ、全滅してしまった。それでもグッピーやプラティは何世代も育てた甲斐あって、エサの好みから健康状態まで、魚の気持ちや生態はかなり分かるようになった。好奇心が旺盛だったのは大いに結構なのであるが、それはつまり勉強に身が入っていなかったことの証でもあった。今ではこれもいい思い出だ。

高校の部活では、やったことがないスキー部に入った。雪のほとんど降らない京都のスキー部だったのでシーズン以外は走ってばかりの部活だったが……。おまけに冬春の合宿費を稼ぐため、休み期間はアルバイトに精を出した。活動費については一切親の世話にはならなかった。郵便局、松下電気（パナソニック）、鉄道リネンサービスには休暇の都度お世話になった。ひたすら勉強に打ち込むほど根暗ではなかったようだ。ちなみにスキー部には美人が多かった。合宿中、バリバリに雪焼けした私に女子部員の先輩が「中村くん、これ使い」とリップクリームを貸してくれた。この時のドキドキ感は今でも強烈に覚えている。

　1970年、高3の時に大阪万博が開催された。近場だったこともあって、家族、友人と延べ10回ほど行っただろうか。参加国すべてのパビリオンを回った。とりわけ米国パビリオンの月の石、ソ連館の巨大なロケット、キューバ革命の写真展示が印象的だった。英語が話せたらなあとの思いが少しずつ膨らんでいった。

　依然として我が家の生活は楽ではなく、大学に行くなら国立だけと言われていた。だが、いくら学校の授業だけを真面目にやっても、補修を受けても国立大合格は難敵だった！　模擬試験でも京大合格レベルと言えるのは生物と世界史だけ。英語も国語も数学もダメでは絶望状態だった。尋常小学校卒の父、女学校卒の母はもちろん、親戚を見渡しても大学に通った人はいなかった。所詮独学だけでは無理だったようで、もがいた末に結局浪人する羽目に。今思い返してみると、漠然と大学に行って法律を勉強し、不正義を正し、勧善懲悪、社会の悪と闘ってみたい、弁護士か検事かに……という幼稚な願望に過ぎなかった。それでも父が「しようがないな。予備校代は出してやるからがんばれ。あとは人事を尽くして天命を待てだ」と言ってくれた。大工への弟子入りはなんとか免れた。

　予備校に通う友人は街中で気楽に外国人に声かけしては英会話の練習をしていたが、私は大学に入って初めてスペイン人の教授に習うまで、外国人と話したことはなかった。英語は嫌いではなかったが、

私にとって外国人は異星人、生理的にダメだった。とても怖くて話しかけるなんてとんでもなかった。

　結局、京大入試では数学で世紀の難問が出て歯が立たず見事失敗。競争の激しい英語科は諦めて、出願していた大阪外国語大学のスペイン語科に滑り込んだ。なぜスペイン語科を選んだのかは今も定かではない。一言のスペイン語の知識もなかった。たぶん、「コーヒールンバ」などのラテン音楽のリズムに惹かれたのであろう。とにかく、これで大工や左官屋になる選択は完全になくなった。

　ところが、大学の授業が始まってみると、文法やらLL教室でリスニングの勉強やらで全然面白くない。それで今度はすぐに合気道に熱中した。日々の稽古や、春夏の合宿で意識がなくなるまで投げられ続ける稽古はつらかったが、大学2年の終わりには初段となり、黒帯になった。その頃、合気道部の先輩がなんと外務省に合格したのだ。当時、外語大卒は就職試験や就活は一切なしで銀行でも商社でも好きなところへ入れた時代だったので、そのうちのどこかに就職できればいいかと漠然と構えていたが、外務省に採用されればタダで海外留学ができるでは

ないか。これは母も喜ぶぞ、と思い立った。

　不思議なもので、この合気道との出会いがなかったら、私は外務省へ入っていなかったのである。なお、合気道の黒帯は治安の悪い国では大きな気持ちの支えになった。在留邦人の安全は自分が守るという気持ちも常に心のどこかにあった。おまけに合気道の愛好家は世界中に広がっており、メキシコ、ペルー、スペイン、ベネズエラの各在勤地で現地の学生や愛好家と稽古をした。大使館主催の日本文化紹介イベントに合気道の演武を加え、スペイン在勤時代には植芝吉祥丸合気会道主をマドリッドにお迎えすることもできたのである。

　だが外国人は生理的にダメ、英会話もリスニングもダメ、勇気ある友人が外国人観光客を掴まえてはペラペラやっていたのをただただ羨ましく思っているだけの自分が外交官試験を受けるなんて有り得るのだろうか。

　幸い、２年生の年末は試験対策にはもってこいのタイミングだった。次の年の上級試験が６月、専門職の試験が７月だったので、冬休みと春休みはまさ

に全集中で試験勉強に取り組める。そう思うと、俄然やる気が湧いた。3年生になる4月からは合気道部の主将になるよう言われていたが、ドイツ語の同期E君に私の決意を伝え、主将を譲り、副将にしてもらった。それでも稽古が厳しいことには変わりなかったが、主将をやっていたら外務省合格はなかったと思う。同期E君には今も感謝している。

　冬休みに入ると古書店を回り、まだ使えそうな参考書を買い漁った。外大だったので憲法、民法、経済原論、国際法等の授業は極めて少なかった。3学期には利用可能な関連教科をもぐりで受講した。春休みは図書館に入り浸りで勉強したが、前途遼遠、焼け石に水状態であった。当然の如く、6月の上級試験は見事不合格だった。だが、幸運なことに中級職と語学専門員の採用試験は、ゼネスト等の影響で9月に延期となっていた。この延期で時間が多少できていたし、今年がダメなら来年もあると気楽に考えて勉強を続けた。
　憲法、民法、国際法の勉強は案外面白かったが、問題は経済原論だった。3ページ進むのに3日かか

ったこともあったが、勉強していくうちに、一箇所でも理解できないところがあれば徹底的にやるのが一番近道だと分かってきた。こうして幸いにも9月の一次試験にはどうにかこうにか合格することができた。

　10月の二次試験は口頭試問、面接形式で行われ、受験会場は外務省であった。初めて新幹線に乗った。東京のホテル代は高かったので、溜池（港区赤坂）にあった遠い親戚の饅頭屋さんの二階に泊めてもらった。なんとそこは宮内庁御用達のお店だった。初めて会った叔父さんから「頑張ってください」と毎日美味しい和菓子の差し入れがあった。涙が出るほど嬉しかった。その年、スペイン語で受験したのは私一人だったとのこと。これはついているかもと思いながら、廊下の席で試験の順番を待っている最中に読み返していた民法の契約と経済学の景気循環がずばり当たった。自信はなかったが、それなりの手応えはあったのをよく覚えている。

　試験終了後しばらくして、大学から帰ってくると、母が「外務省の方がわざわざ来られてな。息子さん

はご長男ですが、外務省にいただいてよろしいでしょうかって言わはんので、もう死に目に会えんでも良いですわって言っといたで」と嬉しそうに言った。正式に合格通知が来たのはそれからしばらく経ってからのことであった。

　来年もう一度上級職を受け直すか、大学を中退して外務省入りするかの問題が残ったが、一刻も早くスペインへ在外研修に出たいという思いが勝り、入省を決意した。

　こうして1976年4月入省後は、3カ月間の、厳しいながらも楽しい研修が待っていた。だが、TOEFLに似た英語の語彙力の試験があり、結果は100点満点中17点。これには研修指導官も呆れ果てたことであろう。英語力のなさが情けなかった。とはいえ、大学の授業や留学生と以外、外国人と話したことがほとんどなかった自分には正直お手上げであった。研修所では第一外国語に指定されたスペイン語の授業が多く、英語の授業はそんなに多くなかった。テーブルマナーや洋式ホテルに泊まる研修もあった。恥ずかしながらベッドで寝るのは初めての経験であった。横須賀で海上自衛隊の護衛艦に乗船

したり、君津の巨大製鉄工場等を見学して日本の防衛と経済の生産拠点を垣間見ることができた。最後の研修旅行は、京都と奈良であった。いくら京都生まれでも、一般では絶対に経験できない研修内容で驚いた。なんと、今日庵で千宗室先生（現大宗匠・千玄室）から講義を受け、お手前を頂戴したのである。

　研修を終え、７月から国連局科学課に配属となった。国際原子力機関（IAEA）や日米加豪、EC（欧州共同体）等との原子力協定の仕事が中心であり、スペイン語よりも、恐怖の英語が中心の課であった。新入りの仕事は関連新聞記事の切り抜き配布と電話番から始まった。デスクには一人に一台黒い電話が置かれているが、直通電話ではなかった。新入りはとにかくベルが２回以上鳴らないタイミングで「はい、科学課です」と課内を駆け回り電話を受け、取り次ぎし、メモを取るのである。とにかく「誰か電話出て」と怒鳴られる前に受話器を取る。恐怖は課長と首席事務官宛ての電話だ。"Hello"と来たらほぼお手上げ、度胸で乗り切るしかない状況だった。電話の応対術を猛勉強したのは言うまでもない。と

にかく必要に迫られるまで何もしないのが私の悪い癖である。

　国際電話が1分3600円もした時代であった。そのため、海外から課長に電話がかかってきて先方を待たせる時も、こちらから米国にかけて相手がなかなか出ないとか、探して参りますと言われた時には、その間の電話代が気になって仕方なかった。とにかく、私以外の課員は英語ベラベラであった。

　仕事にも少しずつ慣れた翌年3月、私は先天性左腎臓水腎症との診断を受け、入院、手術となった。最短でも手術まで2週間待たされることとなったが、激痛痙攣に何度も襲われ、2度救急車のお世話になった。先天性だと聞いた母が「なんで一博が！」と詫びながら、父をほったらかしにして一人東京へ駆けつけ、私の寮に泊まり込んだ。母がいないと何もできないはずの父が家事を引き受けてくれたことを知り、あの時は不便をかけただろうなあと今も感謝している。当時はまだ内視鏡手術がなく、今でも左脇腹に30センチ近い割腹の跡がある。国家公務員になっていたおかげで虎の門病院のお世話になれた。

なお、私の手術を担当してくれた医師はシータン先生というインドネシア人あった。アジア系の外国人と話したのはこの時が初めてであった。とても怖い先生であったが、腕は評判で患者の信頼は厚かった。たくさんの看護師さんに徹夜で術後の看護をしてもらった。以降、今も虎の門病院には足を向けて寝られない。

　仕事に復帰したのは５月、在外研修出発は６月であったが、術後経過観察が必要と言われ、私だけ10月からの研修となった。私はスペイン語研修だったが、既習者ということで通常は２、３年の研修期間が１年となっていた。ただでさえ短い研修期間が４カ月も短縮されては大変と、人事課と交渉し、本来であれば６月から９月に受ける予定だったサマーコースを翌年廻しにしてもらうことに成功した。

　おまけになんと、スペインのハカというところで開講されていたサラゴサ大学のサマーコースで妻と出会うことになった。人間万事塞翁が馬の我が人生は、まだ始まりに過ぎなかった。この研修で、生まれて初めて飛行機に乗った。

第二部
在外勤務第一ラウンド
スペイン、メキシコ、キューバ、コスタリカ
(1977 – 1984)

　もう少し外務省生活について書いておこう。外交官や在外公館勤務というと、優雅な外国生活や華麗なパーティーを想像されるかもしれない。ここでは、そんな想像とは全く違う現実のお話を少しだけ記しておこう。

　入省後、語学を鍛えられながら、約1年の本省実務研修を経た後、スペインでの在外研修1年、メキシコ在勤2年、キューバ3年、コスタリカ1年と転勤が続き、計7年以上の在外生活の後、ようやく帰国できた。これを第一ラウンドとしよう。

　2年半ちょっとの本省勤務の後、すぐに2度目の在外勤務となった。この第二ラウンドがスペイン4年、ペルー3年の計7年、そのあと約7年東京勤務

が続き、再び在外へ。これが最終第三ラウンドである。第三ラウンドでは、なんとウルグアイ２年、ボリビア３年半、２度目のキューバ３年半、ベネズエラ３年半と４カ国連続の転勤で、約13年が経ってしまう。結局、在外生活は延べ28年近くに及んだ。これは外務省でもかなり珍しいほうであろう。

　1978年、スペイン研修の最後のサマースクールで妻と出会い、最初の任地のメキシコで結婚した。仕事の都合もあり、駆け出し外交官の私は結婚式のために帰国したいとはとても言い出せなかった。妻の実家は大阪だったので、親同士が先に顔合わせとなった。そんなわけで新郎抜きの結婚式と披露宴だった。妻が翌年出産し、長男が生まれると義母がメキシコまで駆けつけてくれた。この時、初めて義母に会った。

　そんな家庭の事情はお構いなしに、長男が生後２カ月の時にキューバに転勤発令となった。フィデル・カストロ率いる冷戦下の共産主義国だ！　共産主義国家では乳児のケアがとても心配だ、と義母は赤ん坊を連れてさっさと帰国した。キューバに着任

して6カ月後、スペイン研修以来初めての休暇帰国の際に、ようやく初めて義父に会った。久しぶりに息子の顔を見た。義母は「この子は巨峰のジュースが好きだから、高くついたよ」と嬉しそうに言った。一番可愛い時期の7カ月間、長男はおばあちゃんに育てられたのだ。ようやく息子を引き取って、キューバの首都ハバナへ戻った。長男は最初の予防接種をキューバで打った。キューバの保健衛生制度は、貧しいながらも意外としっかりしていた。結果論だが、おばあちゃんに心配をかける必要はなかったと思っている。敵を知らないと恐怖心に変わるから恐ろしい！ このことは、その後の外交官人生の大きな教訓となった。

　振り返ってみると、外務省でまず鍛えられたのは、何を隠そう、日本語であった。日本語がダメなら外国語はとてもおぼつかない。日本語がうまくなければ、絶対に英語もスペイン語もうまくなれないのである。つまりどうひっくり返っても、日本語以上に外国語はうまくなれないのである。

　スペインでの研修を終え、はじめてのメキシコ大使館勤務は恐怖の連続で始まった。とにかく公電の文章が書けない。日本語の文章が書けないのだ。外務省の日本語はとにかく特殊な言い回しが多く、慣れるのは英語並みに大変だった。書き方もまとめ方も分からない。前任者の残した文書だけが頼りだった。

　誰よりも早く出勤し、朝から7紙の主要新聞を読むだけでも大変だったが、重要外交案件関連記事の要点をまとめ、決裁に上げ、次席、館長のOKが出てようやく発電（外交情報を電信で発信）できる。外務省には、在外公館と本国の間を結ぶ最先端の独自通信システムがあり、これであらゆる外交情報のやりとりをしているのだ。これは、外務省独自の、絶対に解読不可能な暗号通信システムである。

　当時、起案はすべて手書きだった。午前中にまとめ上げて起案しないと発電時間に間に合わない。班長のところで跡形もなく修文され、書き直しを何度も指示され、さらに次席、大使のところでも手が入る。最終案をきれいに浄書（清書）しないと電信官に発電してもらえない。毎日怒られどおし、すみま

せん連発の日々が続いた。

この頃はとにかく昼ご飯を食べる間がないことが多かった。一日中時間との闘い、焦りまくって冷や汗が出る。つらい毎日が続いた。そこに来客、会議、東京や在外からの出張者や国会議員等のアテンドが入ってくるから卒倒しそうになる。

次席から「中村君も書き損じの報告電報用紙が身の丈ほどの高さになれば、少しは慣れるよ」と言われ、呆然。まだまだダメだ。

外国語がうまくなる第一の秘訣は日本語を磨くことなり。まず、挨拶、討論、報告書、プレゼン、講演を日本語でこなすことができなければ話にならないのである。

もう一つ、外務省を退職してから気づいたことがある。組織で仕事をしてきた人間は、結局一人では何もできないということである。大使館にいれば現地スタッフが助けてくれる。手紙や口上書も要点を秘書に伝えるだけで立派な文書が出来上がる。移動する時は運転手が目的地まで連れていってくれる……といった具合だ。

　私はノンキャリだったので、できる限り自分のことはなんでも自分でやるを徹底した。これが退職してからのボランティア活動やブログの立ち上げに役立った。この年で最新スマホを誰よりも使いこなし、今も寝っ転がりながら原稿チェックしている自分は、まだ時代に取り残されていない。逆に秘書も運転手もいない自由が楽しいのである。

　外務省で仕事をしていてその後に役立ったのは、日本語でも、英語やスペイン語でも、とにかく書く労力を厭わなくなったことだった。この点では本当に外務省に感謝している。

　メキシコ在勤は丸2年だったが、1年目は文化広報、2年目は政務を担当した。メキシコ大使館は中南米への玄関口だったので、とにかくお客が多かった。国会議員、調査団、マスコミ関係者、芸術学術関係者、各種国際会議と、ひっきりなしだ。そのそれぞれに空港送迎、日程作り、アポ取り、会談や視察への同行、会食レセプション等のアレンジ、記録、報告、会計処理がある。これをまとめて便宜供与と

呼ぶ。

　税制調査、防災、宇宙や原子力と、全く知識のない分野のお客の通訳をやらされるのだからたまらない。担当が決まると必死で資料を読み漁り、専門用語を理解し、徹夜に近いにわか勉強でスペイン語を頭に叩き込んだ。

　海上自衛隊練習艦隊のアカプルコ公式訪問やユニバーシアード・メキシコ大会では何百人もの便宜供与となるが、基本一人で担当した。このような場合には大使や次席公使の行事や出番のアレンジも加わってくる。

　このような事実上のOJT（on the job training）が、転勤先のキューバやコスタリカでも続いた。これらの大使館はメキシコに比べ小公館だったので、加えて領事事務まで増え、電信官まで兼任となった。７年間４カ国に及んだ第一ラウンドの在外生活が終わる頃、ようやく三等書記官の辞令をもらった。書記官のタイトルがとても誇らしく思えた。

　人口500万、常備軍を持たない中米の小国、コスタリカの思い出を少し書いておこう。キューバ在勤

の後、てっきり帰国だと思っていたが、本省からもう１カ国お願いしたいと言ってきたのである。私がアテンドした在コスタリカの日本大使が、キューバに出張でやってきた時に、担当だった私のことが気に入ったらしく人事課に手を回したらしい。若い頃は、本省に戻るより在外勤務のほうが楽しく思えたので喜んで承諾した。だが、結局、１年後には、今度は本省から、お呼びがかかることとなる。

　当時のコスタリカ大使館はキューバ大使館よりもさらに規模が小さく、館員はたったの６名だった。おまけに次席参事官は中米紛争当時国のエルサルバドル臨時代理大使を兼ねており、しょっちゅう現地に出張して不在だった。つまり、私には事実上、コスタリカ大使館の次席並みの仕事が待っていたのである。大使の通訳兼プロトコール、政務、経済、経済協力、文化広報のすべてと、領事、通信の一部を担当した。これが30歳そこそこの若造新米外交官の仕事であった。肩書きはローカル二等書記官だった。ローカルというのは、正式の官職は三等書記官だが、任務に支障があると館長が判断すると本省の許可を

得てワンランク上の官職を任地内に限って使用を認められる肩書きのことである。

　幸い、在外勤務も３カ国目、いつのまにか人脈作りが得意になっていたので、すぐに大統領府の官房長と緊密なパイプを築くことができた。妻の助けを借りながら自宅設宴を次々と企画し、他国の外交官や文化人、メディア関係者のみならず、果敢にランク違いの大統領府の官房長、外務省の次官クラスの幹部等々を招き、和食を振る舞った。ある日、自宅の対面にあったドイツ人学校に息子を通わせていた外務大臣が、ひょっこり訪ねてきてくれたこともあった。小国ならではの気さくさが面白かった。

　なのに、１年たらずで帰朝発令となった。大使が私の離任前夜にレセプションを公邸で開催してくれた。たかが二等書記官の離任レセプションなのに、親しかった文化大臣夫妻や外務省の儀典長までが来てくれ、外務次官が妻に見事なカトレアの花を持ってやってきてくれた。名前は忘れたが、懇意にしていた新聞記者が何枚も写真を撮ってくれた。すると、なんと翌日の新聞にデカデカと我々の写真が掲載された。「日本の友達、外交官にさようなら」という

タイトルだった。この記事と写真の切り抜きは今も
大切に残してある。空港で帰国する便を待っている
と、呼び出しのアナウンスがあり、航空会社の電話
を取ると大統領府の官房長からであった。「昨夜は
レセプションに行けず申し訳なかった。いつでもコ
スタリカに来てほしい」。こんなことがあるのだろ
うか。とても嬉しかった。涙が出そうなくらい嬉し
かった。残念ながら、今日までコスタリカを再訪問
する機会には恵まれず、官房長の名前も忘れてしま
ったが、彼の笑顔は今も忘れていない。

　７年以上に及んだ在外生活を終え帰国する機内で、
私は確信した。私が起案し、書き損じた電報用紙の
山は身の丈の10倍以上になったであろうと。この頃
には、外国語に対する自信のなさからどん底まで落
ち込んでいた自分も、異星人でしかなかった外国人
に対する恐怖もすっかり影を潜め、外国人大好き人
間になっていたのである。

第三部
東京勤務第一ラウンド
東京でもやっぱり英語が大変
（1984－1987）

　1984年に大国メキシコ、共産主義国キューバ、中米のコスタリカでの在外勤務を終えて帰国すると、当時の中南米第二課に配属され、中米紛争を担当した。冷戦下、中米のエルサルバドルとニカラグアでは米ソが代理戦争の様相を呈し、泥沼化していた。紛争の自主的、平和的解決をめざして、メキシコが中心となり、パナマのコンタドーラ島で調停グループを結成、仲裁調停活動が始まっていた。

　東京勤務では国会対応業務というのがある。外務省内には総務課に国会班があり、議員から翌日の質問を聞き取ってきて関係各課に配布し、各主管課が総理答弁案、外務大臣答弁案を用意するのである。外務委員会や予算委員会の前日になると中米紛争は

よく取り上げられたため、国会待機が多かった。当時は政府委員として中南米局長が国会で答弁することも多く、局長の鞄持ちでよく国会に行ったものである。質問取りが遅いと帰りはタクシー帰りとなった。東京勤務は拘束される時間が非常に長いのである。

　在外公館では、それぞれの在勤国に特化して情報収集に当たっていたが、東京では世界中から寄せられる膨大な情報を整理し、外交政策を企画立案することが求められる。中米紛争に関するすべての責任が担当官一人に降ってくるのである。官邸や外務本省幹部への資料作成、中米紛争に対する日本の立場や外交政策について国会対応や議員対応も必要になってくる。もちろん大臣、次官、局長等、幹部への来客の通訳、会談録、報告書、関係在外公館への報告電報作成がワンセットである。

　何もかもやったことのないことだらけの毎日が続く。時間に追われ、ストレス、緊張が加速する。だが考えてみれば、組織の人間だからこそいろいろな体験ができるのも事実。著名政治家、外交官、経

済・財界関係者、学者や科学者、先端技術企業トップ等々、さまざまな人と知り合えるのは貴重だ。縁の下の力持ち的な感覚があったからこそ頑張れたのだと思う。

　東京での問題は、またまた英語にあった。スペイン語三昧だった7年間で英語は忘れ去られ、英語の勉強がなおざりになっていた。しかし、東京では膨大な英語の資料を読みこなさないといけない。国連関係の資料だけでも大変だ。隣の北米第一課に行って、米議会の膨大な中米紛争関連の議事録も読まなければならない。お客は中南米からだけではなく、米国や EC からもやってきたのである。listening や speaking に自信がないなどと言っていられないのである。

　中米紛争は膠着状態が続き、和平が訪れる前に、なんと再びスペイン勤務の発令があった。たった2年半の東京生活でまた在外だ！

第四部

在外勤務第二ラウンド
スペイン、ペルー (1987 - 1994)

1987年秋、在外研修以来10年ぶりにスペインに家族同伴で着任した。担当は文化広報班長だった。長男は7歳、小学1年生だったのでマドリッドの日本人学校へ行くことになった。

スペイン出身の宣教師フランシスコ・ザビエルが日本にキリスト教を伝えたことや、支倉常長が慶長遣欧使節団としてスペインを訪問したことなど、スペインと日本には長い友好関係の歴史があり、文化交流も盛んになりつつあった。

とりわけ、1992年はコロンブスのアメリカ大陸到達から500年ということで、スペイン政府も中南米各国も、そして日本政府もさまざまな記念行事を多数計画していた。1992年にはセビリア万博やバルセロナ・オリンピックが開催されることも決まってい

た。

　そんな中であったから、当然、文化広報班は超多忙であった。とにかくお客も行事も多かった。日本での「500周年記念委員会」の結成、角川書店の角川春樹社長（当時）が、コロンブスが乗船していたサンタ・マリア号を忠実に復元し、ジパングまで試験航海させようと計画していた。また、伊勢志摩にスペイン村を建設する計画も同時に進んでいた。こちらは今でも日西文化交流の中心となって人気を博している。

　国際交流基金の巡回展で「日本の人形展」を開催した時には、ソフィア王妃が来場してくださることとなり、大使より案内役と日本人形の特徴などについての説明役を仰せつかった。一夜漬けで展示会用の資料を暗記し、専門家のような振りをしてどうにか大役を終えることができた。スペイン語ができるだけで何かと重宝された。

　大相撲のデモンストレーションをエル・エスコリアル大学で実施したり、青年座の竹中直人一行の公演がマドリッド市の秋の文化フェスティバルのメイ

ンプログラムに組み込まれたりもした。能狂言の公演も大評判となった。

　いずれも口で言うのは簡単な話であるが、大相撲の土俵を現地の砂で忠実に作り上げたり、能舞台を東京から送られてきた設計図だけをたよりに製作した文化広報担当官は後にも先にもいないであろう。スペイン人の友人たちが親身になって助けてくれたおかげで無事乗り切ることができた。

　スペイン時代のもう一つの収穫は、囲碁との出会いであった。マドリッドでは、三上さんという方が熱心に囲碁を指導されており、スペインの囲碁のレベルは高く、ヨーロッパで強豪といわれていた。忙しい館務の合間を縫って、ドン・キホーテ像のあるスペイン広場の脇にあった公民館「シルクロ・カタラン」の碁会所に通い、腕を磨いた。その甲斐あって、帰国後に囲碁大会に出ては段位別の大会で勝ち抜き、日本棋院から三段までの允可状（いんかじょう）を無料で手にすることができた。また、後の在勤地でも、囲碁のクラスをスペイン語で開講した。囲碁駆け出し国のウルグアイとキューバの大会で私がチャンピオンに

なったのは良い思い出である。

　スペイン在勤は1991年末まで。４年を超えたが、結局本番の500周年記念日、セビリア万博やバルセロナ五輪の前に次の任地ペルーへ転勤となった。外務省の中でも、スペイン在勤は希望者が多く、２、３年での転勤が普通であったが、500周年のおかげで４年以上在勤させてもらったことはとてもありがたかった。

　きっといい在勤地の後には過酷な国への転勤が待っているだろう、日本人学校もないような国へ行かされるだろうとの覚悟から、長男をインターナショナルスクールに転校させた。日本語の授業から突然英語の授業になったのだから、さぞかし息子も面食らったことだろう。しかし、後日、この決断が長男の人生を大きく変えていくことになる。

　1991年末、私は家族共々、次の任地ペルーのリマに着いた。まさに天国から地獄。というのも、この頃ペルーでは「センデロ・ルミノーソ（輝く小道）」というテログループが跋扈していた。着任当時の大

48

統領は、日系のアルベルト・フジモリ大統領であった。私は政務班長となり、肩書きは一等書記官になっていた。

　治安テロ情報の収集、米、英、EC 等、西側大使館との情報・意見交換、在留邦人保護、大使館警備の増強と、これまた一筋縄では行かない難問だらけの毎日であった。息子はアメリカンスクールに転入したが英語の授業についていけず、特別英語指導 ESL（English as a Second Language）だけでも追っつかず、家庭教師もつけさせられた。

　フジモリ大統領の家族にもいろいろと助けてもらった。とりわけ大統領の弟のサンチアゴからの情報は特級品であった。あまり詳細には書けないことばかりであるが、「次の日曜日に味の素の〇〇社長がゴルフに行くがやめさせろ、センデロが誘拐を企んでいる」との情報があると直接、私の携帯にかかってきたこともあった。また、政府派のクーデター騒ぎが起きた際には、軍の内部の状況が判明するまで、フジモリ大統領が突然、日本大使公邸に逃げ込んで

きて一時身を隠したこともあった。

　フジモリ大統領は就任後、毎年のように訪日するようになるが、1992年3月の国賓での訪日の際には、国会で日本語での演説が予定されていた。すると、訪日の数日前、サンチアゴから電話があった。大統領の演説を録音してほしい、大統領は機中で日本語の発音が大丈夫か勉強するから……というのである。もし大統領スピーチの日本語が関西弁交じりになってもいいのだったら喜んで協力すると笑いながら引き受けた。訪日する大統領を大使・公使と空港まで見送りに行ってびっくり仰天した。夫人が同行しないことになったというのである。公電は間に合わない。すぐに携帯電話で東京に電話を入れた。外務省のみならず、皇居も官邸も大騒ぎだったに違いない。総理晩餐会や皇居での晩餐会の招待状はすでに夫人同伴で出されていたことであろう。

　1993年の御用納めの日、大使の車が大使館に入ると同時に、四方八方からセンデロ・ルミノーソが攻撃してきた。大使館警備員との銃撃戦の後、自動車爆弾が爆発し、領事部が吹っ飛ぶという事件が起こ

った。大使は地方で休暇中、公使は不在であったため、全館の指揮を私が執った。攻撃開始を受け、避難訓練どおり、大使館内の一番強固な場所へ現地職員共々避難をした。避難が完了した直後、大爆発が起こった。死者も怪我人も出なかったのは、奇跡的と言ってもいいであろう。もし避難が１分遅れていたら、相当の犠牲者が出ていた。命拾いした。通信システムもやられてしまったので、携帯電話から東京へ第一報を入れた。

　とにかく御用始めまでの１週間で領事事務が再開できるようにしないといけない。経費の東京への稟請は後回しだったが、幸い日系人の建設業者が協力してくれ、無事１月４日から業務を再開できた。これも奇跡に近かった。事件というのは未然に防ぐことがいかに大事か身をもって悟った。後の公邸占拠人質事件（1996年12月17日〜1997年４月22日）は、「トゥパク・アマル革命運動（MRTA）」という別のテログループが引き起こした大事件であったが、いずれにしても、初動で防げなければ、とんでもないことになってしまうのである。

　大使館襲撃の次の日の朝（現地時間）、久米宏が

キャスターをしていた「ニュースステーション」からインタビューを受けた。

　この後、持病の腎臓の具合が再び悪くなったため1994年9月に帰任し、そのまま虎の門病院に入院し、手術となった。ようやく病院のベッドで一息ついた。

第五部
東京勤務第二ラウンド
陛下ご通訳に（1994‐2001）

　1994年秋、長男は三鷹にあるアメリカンスクールの8年生にどうにか編入、日本でいうと中学2年生になっていた。

　子育てをしていく中で、2人目、3人目の子供をもうけるのは無理だと悟った。絶対に平等な教育を保証してやれないと思ったからである。ペルーでも英語を相当頑張ったと思うが、ここでもまたまたESLのお世話になった。幸い1年くらいで特別指導からは抜け出せたと記憶している。

　息子の教育の問題もあり、2回目の東京勤務は、7年を超えることとなった。最初の配属は中南米第二課、課長補佐としてメキシコ班長となった。

　在外では一等書記官であるが、東京では平の課長補佐である。1997年3月に、メキシコのセディージ

ョ大統領が来日することになっていた。国賓受け入れ準備をしている時に、先に述べた大使公邸占拠事件がリマで発生した。そのため、新旧の中南米局長も、在メキシコの寺田輝介大使もリマの対策本部に取られてしまった。要するにメキシコからの国賓受け入れという大事な時に、任国大使も、中南米局長もいなくなってしまったのである。それでも国賓の受け入れは中止にできない。国会でのセディージョ大統領のスピーチも予定通りだった。省内、官邸、国会等、すべて課長と私で動き回った。

そんな日々の仕事にてんてこ舞いの中、1996年秋頃、なんと人事課より私を陛下のスペイン語通訳に推薦したいと言ってきた。迷う間もなく話が進み、1996年10月、新任ホンジュラス大使の信任状捧呈式がデビュー戦となった。皇居松の間でのリハーサルの時、侍従長に「もっと大きな声で」と言われたのをよく覚えている。

以来、陛下ご通訳としての出役は、2001年まで約5年、計33回に及んだ。国賓1回（歓迎行事、ご会見、宮中晩餐会、お別れのご訪問各1回）、公式実

務訪問７回（ご会見７回、午餐会６回）、非公式訪問の大統領・首相とのご会見５回、大使の信任状捧呈10回、大使の離任ご引見５回、お茶１回、上院議長とのご引見１回等となった。

　いろいろな思い出があるが、差し障りのない範囲で第八部の中でいくつか紹介してみたい。

　とにかく1996年は私にとって多忙な年となった。というのも、外務省職員の業務と並行して、44歳だった私は、慶應大学法学部政治学科の通信教育課程に入学したからである。スクーリングや卒論の作業を仕事と一緒にこなすのは本当に厳しかった。ただ、妻も同時に学士入学してくれたおかげもあってか、1999年９月、予定より半年遅れたが３年半で２人共、無事卒業できた。外務省に入省して以来大学中退のままだった私は、ようやく法学士となった。

　大学中退以来、約20年ぶりの大学生生活であったが、外交や国際政治をきちんと勉強し直せたことは、後の外交官生活にとって大きな財産となった。ソ連、中国、米国、中南米、アジア、EU の歴史と外交、

冷戦の歴史、EU・NATO・中国の拡大膨張を徹底的に勉強した。外交的視野を広げるために卒論は「東アジアの安全保障」とした。

　この間も激務続きであったが、1998年末に京都の父が急逝した。高校合格、大学合格、外務省合格、陛下ご通訳を誰よりも喜んでくれた父だった。朝、玄関先で倒れそのまま逝ってしまった。課長が「実家に帰ってこいよ」といってくれた。葬儀場には外務大臣からの供花が届けられていた。無性に嬉しかった。喪主を務めて帰ってくると、二週間後の国賓メネム・アルゼンチン大統領訪日の陛下通訳に指名された。結局これが最初で最後の国賓の陛下ご通訳となった。

　国賓の陛下ご通訳の翌月、1999年1月、領事移住部の移住班長に異動した。日本人移住の歴史は明治に遡るが、戦後政府が主導した海外移住をも含めた我が国移住事業の総決算の時期に来ていた。古くハワイや北米、中南米に移住した日系人、戦時中にアジア各国に残った日本人コミュニティ等も含めたす

べての日本人移住者日系人の担当となったのである。
引き続き課長補佐のままであるが……。

　北米のロサンゼルスやサンフランシスコ、ホノルル等に点在する移住地や移住資料館、メキシコやペルーといった戦前からの移住地、戦後、ブラジル、アルゼンチン、パラグアイ、ボリビアと結ばれた移住協定によりできた移住地等をいろいろと回った。

　仕事は山積みであったが、横浜みなとみらいのJICA 海外移住資料館建設と、ドミニカ訴訟の対応は強く印象に残っている。

　この横浜の海外移住資料館建設構想には、天皇皇后両陛下のご意向があったと承知している。移住者を棄民として送り出した暗い歴史や、戦争中に日系米国人が強制収容所送りとなったこと等もあり、世界中の海外日系社会から受け入れられる資料館とする必要があった。資料館は、日本と世界の懸け橋的存在として日系人の過去を清算し、発展させる目的で作られたのである。

　もう一つのドミニカ訴訟というのは、戦後ドミニ

カ共和国に日本政府が送り出した移住者が、劣悪な土地しか与えられなかったとして国を相手に国家賠償請求訴訟を起こしたものである。私は被告「国」の訴訟代理人の一人となって裁判に対応することとなった。外務省で担当した仕事の中で最もつらくしんどいものの一つであった。結局、私の在任中には解決せず、訴訟は延々と続き、2006年に時効を理由に請求が棄却されたが、小泉純一郎総理の英断で政府としての謝罪談話を発表、特別一時金を支払うことで、ようやく原告側は訴訟を取り下げた。

　2001年6月のビセンテ・フォックス・メキシコ大統領の公式実務訪問が、最後の陛下ご通訳の機会となった。7年以上に及んだ本省勤務を終え、年末に南米ウルグアイに赴任し、長い最終在外勤務第三ラウンドが始まった。

第六部

在外勤務第三ラウンド
ウルグアイ、ボリビア、キューバ、ベネズエラ
（2001 – 2014）

　第三ラウンドは、ウルグアイ２年、ボリビア３年半、２度目のキューバ３年半、ベネズエラ３年半と計13年近くに及んだ。４カ国連続で次席ポストを歴任した。肩書きは参事官から公使参事官となっていった。次席にはいろいろな責任が伴う。出納管理、現地職員管理、危機対応、機密保全、人事管理、若手の育成とキリがない。また大使と館員、現地職員との橋渡し役でもある。

　まず、2001年12月に着任した南米の小国ウルグアイでは、2003年に清子内親王殿下のご訪問が予定されており、またまた皇室の仕事に携わることとなった。小国ではあったが、日系企業も進出しており、日系人協会、日本人学校があり、技術協力も進んで

いたので次席はやはり多忙であった。

　在外で皇室の方をお迎えし、諸行事をすべて緻密に、準備万端、万事遺漏なく整えるのは初めての経験であったが、地方視察にも出かけられる予定が組まれ、ロジスティックスには大変気を使った。小型チャーター機での移動なども含まれており、すべての行事が終わるまで緊張の連続であった。大使公邸で催されたレセプションには長蛇の列ができ、内親王殿下は、政府関係者、財界人、文化人、在留邦人、著名スポーツ選手等々、一人ひとりと丁寧に会話なさる。当時、ウルグアイ米の試験輸入に関する問題でギクシャクしていた精米会社サマン社の社長も満面の笑みでやってきて上機嫌そのもの、その後、彼の対応が柔軟になったのをよく覚えている。皇室外交万歳である。とはいえ、過密なスケジュールを滞りなく進行しなくてはならない立場としては、行列はいつ終わるのかと、いろいろと気を揉んだ。

　ご訪問が終わるとすぐに転勤が待っていた。

　2004年1月、ボリビアの首都ラパスに到着、世界

最高標高の国際空港であるエル・アルト国際空港は標高4,000メートルを超える。富士山頂上より高い。空気が薄く、頭がぼーっとなる。この頃、違法コカ栽培、コカインの密造の国でボリビアの治安状況は年々悪化していた。

　2005年12月には、ボリビア史上初めて先住民出身の大統領となったエボ・モラレスの政権が発足した。

　翌年の正月３日のことである。当選して間もない大統領が、秘書一人を連れて突然大使館にやってきた。私はたまたま残務整理で大使館にいたため、直接応対した。秘書がいなくてお茶も出せなかったが……。モラレス大統領曰く、「大使館の中で日本大使館に一番に来たかった。新政権になっても引き続き日本の協力をお願いしたい」と。まだ東京から何の指示も来ていなかったので軽々に約束することはできなかったが、「必ず東京に伝える。東京は就任式に大物特派大使の派遣を考えているので心配ない」と伝え、日本がおこなっている無償資金協力や技術協力の概要を説明すると満足げに帰っていった。

　大使からも、東京からも、事前に話しすぎだと叱られたが、結果オーライだった。就任式当日の朝５

時に、大統領が日本からの特派大使に会うというのである。これには大使も特派大使も驚かされたが、大統領は開口一番、「日本の特派大使に一番にお会いしたかったのでこの時間においでいただいた。インディオは早起きなので何ら問題ない」と言う。もちろん表敬・会談は大成功だった。あの時、特派大使のことを伝えておいて本当に良かったと思った。しかも南米各国の元首、大統領を差し置いて一番に会ってくれるとは本当に驚きだった。

　2007年10月、久しぶりにハバナに着任した。20年ぶりのキューバは様変わりし、ハバナやバラデロ海岸には五つ星ホテルが林立する観光立国となっていた。着任間もない2008年２月、病状が思わしくなかったフィデル・カストロ議長が第一線を退き、弟のラウルに国家評議会議長の職を譲った。館務は忙しかったが、週末等を利用して、バラデロ海岸で過ごしたり、東部の第二の都市サンティアゴ・デ・クーバを含め、全県を訪問した。

　たまたま2009年は日本・キューバ外交関係樹立80

周年の年だったので、さまざまな交流行事を企画、実施した。ハバナのホテルでのコシノ・ジュンコ・ファッションショーや、毛利衛日本科学未来館館長（当時）の講演は圧巻であった。大使館も、ハバナ大学を中心とする日本語学習者のための日本語弁論大会を開催したり、キューバに立ち寄ったことのある支倉常長の特別展を、ハバナ市立博物館と企画したりした。

　この時、私の企画も採用された。日頃から何かと付き合いの多かったキューバの有名画家50人に、日本をモチーフにした作品を制作してもらい特別絵画展を開催するのはどうかと持ちかけたところ、ネルソン・ドミンゲスはじめ、サイダ・デル・リオ、ペドロ・パブロ・オリーバ等々が次々と協力してくれることとなった。1年の準備期間ののち、盛大に絵画展を開催することができたのは本当に嬉しい出来事であった。

　キューバの内政外交関連情報収集に加え、国連改革や国際原子力機関（IAEA）関連の協力、フィデルの病状報告等々、日々の情報収集の量は膨大とな

った。とりわけ、2011年3月の東日本大震災後の福島第一原発事故後の対応は大変であった。東京からの情報提供が遅く不十分であったため、キューバ政府に十分な説明ができなかったことは歯痒かった。

　私は英語もスペイン語も決して達人の域ではないが、ボリビア、キューバでの社会主義国在勤を通じ、情報収集技術はピカイチレベルになったかと思っている。情報収集の極意とは、初対面で相手の心を掴むことに尽きる。東京から来る訓令を執行するため、一期一会で相手とアポをとり、信頼関係を築き、食事をし、家族ぐるみで付き合うのである。これが苦でなく楽しめるようになったのが今の私の取り柄なのかもしれない。

　2011年8月、私にとって最後の在勤地となるベネズエラに転勤となった。反米路線をとり資源の国有化を強硬に進めていたウゴ・チャベス大統領が2013年3月に亡くなり、治安はますます悪化、政治社会情勢が混沌を極めていた時期であった。ウルグアイの後、3カ国連続で社会主義左派政権の国での勤務

が続くことになったが、これはやはり精神的に相当過酷なものであった。

　治安の悪い国のため、ガードマン兼運転手を警備会社から雇い上げての通勤、買い物の日常生活であった。公用車はすべて防弾車にする必要もあったが、米国からの防弾ガラスの輸入が遅れていた。大使も館員も、館員家族のストレスも最高レベルであった。館員家族や在留邦人の防犯、誘拐防止対策には神経がすり減った。

　実際、女性館員が誘拐され、行方不明となる事件が起きた。マスコミに漏れないよう万全を期し、ベネズエラ治安当局と連携し、どうにか２日後に無事解放されたこともあった。誘拐したのが外交官だったと分かった犯人グループが、何の手出しもせず路上に放り出してくれたのは不幸中の幸いであった。何よりも大事件にならずに済んだことに胸をなでおろした。

　おまけに当時、日本では民主党政権が事業仕分けを進めていた。外務省も例外ではなく、「館員数に比べ、大使館が大きすぎるので半分にしろ」との東京からの指示があり、大使館移転を強行しなければ

ならないという事情もあった。インフレ下だったので出納管理の責任も、のしかかってきた。

　2012年9月の日本政府による尖閣諸島の国有化の後、カラカス市内にあった中華市場の壁に、国有化に抗議する文言が赤ペンキで書かれ、横断幕が掲げられた。すると、「中華市場に行っても日本人には売ってもらえないそうだ。市内の中華レストランに行くな、スープに小便が入れられている」日本人の間でそんな噂が囁かれ始めた。恐怖心から生まれたデマであった。買い物に行ってみたが、普段と何も変わらない。日本人と分かっていても、いつものようにニコニコおまけの野菜をつけてくれた。ひとしお嬉しかった。その後、私たちはいつも通り、近くの中華レストランで、中国系の店のご主人と冗談を言いながらおいしい料理を頂いた。中国語はできなくともスペイン語と漢字を使って会話は十分可能である。

　結局、治安悪化で夜の外食ができず、情報収集が思うようにうまくいかなくなっていった。本省との

いろいろな予算面での交渉もハードで、もともと若い館員に厳しく指導する性格だったこともあり、徐々に館員の私に対する評価は下降していった。私は歴代にわたる不正常、不適切であった館内経理等の正常化に努めたが、しかしこれは同時に歴代館長を批判することでもあったと思われる。「義を見てせざるは勇なきなり」。英語の達人新渡戸稲造の『武士道』の中で引用されている『論語』の言葉が虚しく響いた。

　一旦歯車が狂いだすと、すべて管理能力のなさが裏目裏目に出るようになった。これ以上詳細には触れないが、ついに総領事、大使ポストのオファーを受けることなく、私は外務省を去る決断をした。私の非力、限界を感じたのである。

第七部

オリンピックで多言語ボランティアに
（2014－現在）

　2014年10月、人事課長より退職の辞令をもらった。
本省、在外各地で語学音痴の私を一から鍛え、貴重
な経験をさせてもらった外務省には感謝の気持ちで
いっぱいであった。清々しい気分であった。人間万
事塞翁が馬、よし、第二の人生は誰にも雇われない、
何の組織、政党、団体にも加わらないをモットーに
自由に生きよう。外務省で訓練され、しごかれてど
うにか少しは身についたスペイン語と英語で少しで
も社会貢献できれば本望ではないか。

　東京オリンピックの開催が５年半後に迫っていた。
日英西の多言語ボランティアを目指し、勉強し直そ
う。東京都が外国人おもてなしボランティアの募集
を始めたのを皮切りに、英語とスペイン語の街角観
光ボランティアにもなった。新宿、渋谷、原宿・表

参道、銀座、上野、浅草、お台場と約３年間、新型
コロナで活動が休止になるまで、多くの訪日外国人
をおもてなしした。こんなに楽しいことはない。さ
らに都庁案内や東京マラソンのボランティアへと活
動範囲が増えていった。

　同時にブログの立ち上げ方を勉強し、ちょうどオ
リンピック開催５年前の2015年に、無料英語スペイ
ン語独学支援サイト「You can 2020」を立ち上げた。
オバマ大統領の名言「Yes, we can.」に因んでつけ
た。よし、私のような語学下手でも、外国人恐怖症
をなくし、誰もが義務教育の間にハリウッド映画を
吹き替え、字幕なしで楽しめるようにしたい。日本
の子供たちが『ハリー・ポッター』の原書を英語で
楽しめるよう、日本のビジネスマンが英語で苦労な
く国際ビジネスで活躍できるよう、日本を本物の国
際国家にしたいと本気で考えた。

　３年から５年間、語学に目覚め、やる気を出して
もらえば、夢は必ず叶う。日本人すべてをその気に
させ、語学習得に邁進してもらえそうな話題を７年

間にわたり700投稿以上書き続けたが、結局は独り相撲、どうやら日本をバイリンガル国家に変えることはできなかったようだ。しかし、いろいろな分野の人と知り合いになれ、充実した日々となった。

　新型コロナ感染症が流行する中、奇跡的にオリンピックとパラリンピックは1年遅れながらも無事開催され、語学支援チームLAN（Language Support）のボランティアを割り当ててもらえた。オリンピックでは潮風公園のビーチバレー、パラリンピックではオリンピックスタジアムでの陸上競技の担当となった。メダリストと外国メディアのインタビューの通訳がメインで、若い人に交じって外務省でも機会のなかった英西通訳をやった。

　通訳を担当したキューバのオマラ・ドゥランド・エリアス選手は、陸上女子（視覚障害T12〈重度弱視〉）100メートル、200メートル、400メートルの金メダリストだ。重度の視覚障害者の場合はガイドランナー（伴走者）の誘導で走る。ちなみに、あまり知られていないかもしれないが、ガイドランナーにも金メダルが授与される。インタビューもガイドラ

ンナー同伴、まさに二人で獲った金メダルであった。通訳の前に私がキューバに在勤していたことを伝えるとすっかり打ち解け、いい通訳を務めることができた。

　私はLANチームの中ではダントツの高齢ボランティアであった。やっぱり何度やっても満足できる通訳ではなかったが、人生最高の思い出となった。

　ビーチバレーのボランティアをやっている最中、母が亡くなった。あの外務省入りを誰よりも喜んでくれた母が……。ボランティアを中断し、京都に戻り葬儀を済ませた後、母のためにも頑張ろうと再びボランティアに戻った。男女の決勝戦と閉会式には間に合った。オリンピックを楽しみにしていた母は6月から入院していたので、遺影を最終日のセレモニーに持っていき、一緒に写真を撮った。

　オリパラの終了と共に一旦閉じかけたブログは、「You can 2020-24」として再出発しようとしている。次のオリンピックである「Paris 2024」を目指すのである。英語、スペイン語に加え、フランス語独学支援サイトとして新たな挑戦を始めようとしている

ところだ。夢見ることが楽しい。まだまだボケるわ
けにはいかないのである。

第八部
陛下ご通訳の思い出

　陛下ご通訳の内容について詳細に書くことは畏れ多いが、明仁天皇（現上皇陛下）は出役した通訳に一切記録を求められなかった。宮内庁からも会談内容を教えてほしい等の要請もなかった。会談の中身は努めて忘れる方がいいのだろうと思い、こちらも記録を残さなかったが、どうしても忘れられない失敗談がいくつかある。会談の後、陛下ご自身が記録されていたのか、極秘の録音装置がセットされていたのかは定かではないが、私のような未熟な専門の訓練を受けたこともない通訳がなぜ何度も出役を仰せつかったのかはいまだに不思議である。

　まず、一つ目の失敗である。ペルーのフジモリ大統領とのご会見の時のことであった。大統領が「エルニーニョ現象のせいで、砂漠が森に変わってしまいました」という話を切り出され、陛下が「何の木

が生えてきたのですか」とお尋ねになった。大統領が一言何かの一種と言われたのだが聞き取れなかった。一瞬間があると陛下がさらに「豆類のような木でしょうか」と言われたところ、大統領が、日本語で「そう、マメ、マメ」と言われ、そうか、「una especie de leguminosas」だとやっと理解できた。陛下と大統領の機転で通訳の私が救われたのである。

　次に、1998年12月、国賓として娘さんを伴い訪日されたメネム・アルゼンチン大統領との思い出を二つだけ記しておこう。まず一つ目である。皇居でのご会見は大過なく済みそうだったが、最後に贈り物の交換が予定されていた。陛下からは日本画をご用意されているとの事前情報があっただけだった。置かれてある絵を見て悪い予感がした。雪の中で体を寄せ合っているオシドリのつがいの絵だった。スペイン語でなんというのだろうと思った瞬間、陛下が「雪中鴛鴦という絵です」と言われ、一瞬私の方をご覧になった。続けて「英語ではマンダリン・ダックといいます」と付け加えられた。英語さえがわかればこっちのもの、「パト・マンダリン（pato

mandarín）」で大丈夫。まさに危機一髪、陛下から
の助け舟で無事ご会見を終えることができた。陛下
が一番未熟な私の語学レベルをご存じなのだ。

　二つ目は宮中晩餐会でのことである。通常の通訳
と異なり、お出迎えから、ご皇族の紹介、アルゼン
チン側随員の紹介、お見送りまでととにかく時間が
長い。メネム大統領は、シリア移民のムスリムの家
庭で生まれた方であった。食事が始まると大統領は
なんとシリア5000年の歴史を延々と述べ始められた
のである。中東の古代史までは事前に調べていなか
ったので、諦めて翻訳機械になり切ろうと決めた。
できる限り逐語訳したが、アラビア語のような用語
や地名が飛び交い、大統領に直接聞き直したり、確
認しながら必死で通訳に努めた。陛下も時々頷かれ
たり、質問されたりしておられたので、流れは把握
できていたのであろう。つくづくまだまだダメな通
訳だなと申し訳ない気持ちでいっぱいだった。歴代
最悪の陛下ご通訳だなと落ち込んで帰宅した。もう
これでお呼びはかからないかもしれないと思ったが、
出役はその後もまだまだ続いたのである。これが出
役23回目のことであった。

1999年５月、フジモリ大統領の訪日の時、皇居到着が遅れるとの連絡が直前に入った。すでに陛下がお出迎えにお出ましになった後だった。そのまま陛下はお待ちになることとなった。たった数分のことであるが、非常に長く感じられた。侍従長も式部官長も何度も時計を見ている。私はただじっと陛下のお側に控えていたところ、陛下から「ペルーにも在勤されていたのですね」とお声掛けいただいたので、「はい、治安の悪い時でしたが」と答え、たわいのない思い出話を２、３分したように記憶している。まもなく大統領が到着し、無事ご会見となったが、後日式部官から「この前は非常事態に陛下との間を繋いでいただきありがとうございました」と言われた。かえってこちらが恐縮した。28回目の出役でのことであった。

　手帳によれば、陛下ご通訳は96年５回、97年９回、98年９回、99年７回、2000年０回、2001年３回の計33回となっている。2000年がゼロなのは後任通訳担当に譲ったためだろうが、なぜか翌年再び３回の公

式実務訪問で出役している。ウルグアイ、グアテマラ、メキシコの大統領の時であった。前在勤地等を考慮してのことだったのであろう。

　最後に一番楽だった陛下ご通訳のお話をしよう。それは1998年３月に公賓で来日されたスペインのフェリペ皇太子（現国王）の時であった。いつもの通り資料を勉強し、万全を期して皇居に出向き、陛下のそばで待機していた。皇太子が到着されると陛下は英語で話され始め、そのままご会見となったが、お二人の楽しげな会話に聞き入るのみであった。その後午餐会となったが、皇太子ご一行の随員紹介等もすべて皇太子がなさり、午餐の間も全く出番はなかった。ただただいつお尋ねがあるかと待機するのみであった。改めて皇室とスペイン王室の緊密さを間近に拝見できたひと時であった。16回目の出役のことであった。実は出役の度に3000円程度のお手当が宮内庁から出るのであるが、この時ばかりはとても申し訳ないような気がしたのを覚えている。

第九部
最後に、日本語を話せない孫たちのために

　少しでもたくさんの人に書き残したい。同時に、日本語を話せない孫たちのためにも、この文章を英語とスペイン語に訳し残しておこう、じいちゃんの生涯の記録を残しておいてやろうと思った。おかげで70歳の老人とは思えない、かなりの大作になってしまった。

　アメリカンスクールを卒業後、米国に留学した一人息子はアメリカ人と結婚した。今、私には４人の孫がいる。17歳の男子高校生と、７歳、４歳、生後２週間の３人娘である。なお、歳が離れているのは母親が違うからである。全員日本語は話せないが、私にとっては、みんな可愛い孫たちである。スマホでいつでも話せるとは、本当にありがたい時代になった。私の外交官生活は、息子のおかげで今も続いているのだ。孫たちのおかげで、気がつけば、我が家には本物の日米同盟が出来上がっているではない

か、やっぱり外務省に感謝だ。

　息子は神経科学を専攻し、視神経の再生医療、遺伝子治療研究の道を歩んでいる。メキシコ生まれ、スペイン、アメリカ育ちなので日英西の trilingual だ。私と違い、息子の英語はピカイチである。博士論文の最終プレゼンを聴きにマイアミ大学の Bascom Palmer Eye Institute まで行ったが、私には最初から最後までちんぷんかんぷんのディベートであった。外務省員の英語程度では全く太刀打ちできないのである。

　息子によると、しつこく私から教え込まれたものは、正しいお箸の使い方と自転車の乗り方、それに泣きながらやった小学校時代の日本語の通信教育、特に漢字ドリルだったそうだ。おかげで日本語会話は問題なし、どうにか日本語の新聞や書籍も読める程度には育ってくれた。が、もう漢字はほとんど書けないそうだ。スペイン語は初級に毛が生えたレベルだが、十分コミュニケーションは可能だ。外務省の OB は、退職後あまり外国語を使わなくなり、語学がダメになってしまう人も多いが、私は、ブログ

「You can 2020」を日英西交えて書いてきたおかげで、どうにかさびつかずに済んでいるようだ。

　おまけに英語は現役時代より上達した。日本オリンピック委員会（JOC）のおかげで、外国語の運用能力・熟達度の国際基準であるCEFR（セファール）の最上級レベルC2のdiploma（証明書）をもらうことができた。もちろんこれも無料で達成できた。最後まで独学、無料が私のモットーのようだ。これはJOCのおかげであるが、C2まで英語を鍛え直したボランティアはそんなに多くなかったことであろうと内心ほくそ笑んでいる。とはいえ、これはまだまだ学生並みの英語力であるということに他ならない。

　毎日やることがなく釣りばかり、碁会所通いだけが趣味、ゴルフ三昧、パチンコ通いなどと言っている高齢者が多い中、幸い私は、毎日多忙である。一度離婚し復縁した妻も、多少加齢ボケしてきたが、元気そうだ。家事をできる限り手伝うことが無職の年金生活者の最後の役割、使命なのであろう。

　今後の人生の目標をいくつか書き留めておこう。

きっと孫たちもいつか目にして喜んでくれることだろう。

1. 孫との会話に支障がないレベルまで英語を磨く。これが最後まで最大の難関である。
2.「Paris 2024」に向けて初めてトライするフランス語を、諦めない程度に続ける。
3. ボウリングのアベレージを190まで上げる。ゴルフを95歳までやる。
4. 囲碁も、諦めずに六段を目指す。

『トムソーヤーの冒険』を書いた Mark Twain は、「普通、人は過去にやらかしたことをあれこれ後悔するものだが、20年も経つとなぜあの時やらなかったのだろうとより後悔するものだ」と言った。たぶんこれは、「なぜお前は20年前にもっと勉強しておかなかったのか」という戒めの言葉なのであろう。

　Mark Twain, the writer of "The Adventure of Tom Sawyer", says that "Twenty years from now, you will be more disappointed by the things you didn't do than by the ones you did do."

やっぱり英語はいつまで経っても難しく、そして
やっぱり日本の英語教育はどこか間違っている、語
学の勉強に近道はない。いつまでもコツコツ、どう
やらこれが結論のようだ。

　人間万事塞翁が馬！
　為せば成る、為さねばならぬ何事も、成らぬは人
の為さぬなりけり！
　義を見てせざるは勇なきなり！
　人事を尽くして天命を待つ！

　父と母の言葉を、息子はしっかりと受け継ぐので
ある。
　いよいよ私の人生も最終章、2023年末にも東京生
活に別れを告げ、菩提寺のある京都へ引き揚げるこ
とも思案中である。

おわりに

　小学校の時の通信簿には、もっと積極性が欲しい、引っ込み思案なところがある、人前で話すのが苦手といった言葉が並んだ。とにかく恥ずかしがり屋で、あがり症、すぐに緊張するほうだった。半面、内弁慶で兄弟喧嘩は絶えなかった。だが弟や妹がいじめられると助けに行った。父親にも「うるさい、静かにしろ」とよく怒られた。母親にもばちんとお尻を何度か叩かれた。すべてが普通であったのであろう。

　英語には興味があったが、とても外国人に声かけする勇気はなかった。なのに、未知の外国に憧れた。ろくに英語もしゃべれないのに、ひょんなことから外交官になってしまった。すべてお国のためだと頑張った。すると世界が変わった。どんどん広がった。英語でも、スペイン語でも、もちろん日本語でも、おしゃべり、社交が、そして外国人が大好きになった。

貧乏、２浪、入省、陛下ご通訳、離婚、復縁、チョンボ、退職、ボランティア、出版！　人生、生きること、苦しいのが当たり前。何がきっかけでいろいろな可能性が広がり、世界が変わるか誰にも分からない。まずは少しずつでも自分を磨く努力をする！　仕事に行き詰まった時、死んだらどんなに楽だろうと思ったことも何度もあった。妻にも「殺して、飛び降りる」と叫ばれるほど揉めたこともあった。

　今でも毎日、「食器が綺麗に洗えていない、出したものは元あったとこにしまってよね！　何度言わせるの！　なんで洗濯物取り込んでくれなかったの！」……何をやっても怒られる。「ちゃんとゴミ出しやったやん！」と言っても無駄！　怒鳴られ、怒られっぱなしである。ありがとうなんて言われたことは、まあここ二十数年ないのではないか。我が家では毎朝、目線を合わせるか、「洗濯物ない？」これが朝の挨拶の代わり。おはようの挨拶は心の中でのみ。案外これが普通なのかもしれない。

　悩める若者に何か伝えたい、自分を曝け出してや
るのが一番かと決心し、本書を書いたことで、また
また世界が変わりそうな予感がする。どこまで広が
るか、今後の読者との一期一会が楽しみである。

　それにしても、このような機会が巡ってこようと
は！　私の決心を後押ししてくれたのは、文芸社か
ら届いた落選通知に添えられていた「作品講評」で
あった。そこには、以下のような文言が並んでいた。

　「ノンキャリ外交官」とみずからを呼ぶ著者が、39
年に及ぶ外務省勤務の日々を語り明かした半生記を
拝読した。ひょんなことから外交官を志し、大学3
年で合格し入省したのだが、外国人がこわく英語も
からきしの著者であった。それからおよそ40年、外
交官として奮闘してきた豊かな経験が本作には述べ
られている。
　激務の中でも「色々な体験ができ」「様々な人と知
り合えるのは貴重」とあくまでもプラス思考である
のは著者の真骨頂であろう。最も思い出深いのは、
天皇（今の上皇）の御通訳を務めたことのようだ。

適切なスペイン語がとっさに思い浮かばなかったり、知らない用語や地名に焦ったりと「歴代最悪の陛下御通訳」と落ち込むが、計33回お呼びがかかったのは、実力・人柄が認められたからこそ、にちがいない。

　筆者が「外国語が上手くなる第一の秘訣は日本語を磨くこと」と記すのは意外にも思われる。しかし、言語を操るという点では、母語をまず固めるのが肝心という意味なのだと腑に落ちる。更にフランス語にも手をのばす、そのポジティブで精力的な姿勢には感心するばかりだ。

　生き生きとまぶしい半生の道のりを語って、豊かなメッセージ性をも備えた作品である、広く世に送り出す運びとしていただきたい。

ここまで身に余る講評をいただけたからには、もうやるしかない。文芸社出版企画部の砂川正臣氏、編集部の今泉ちえ氏には感謝感激雨霰である。心からお礼申し上げる。

　最後に、研修地スペインで知り合って以来、私の外務省生活を支え、たびたび私の強引さに膨大なエネルギーを使ってきてくれた妻眞紀と、私に怒られ

ながらも、たびたび激変する環境に耐え、どうにか父を超える国際人に育ってくれた長男の令に、なかなか言えない一言「ありがとう」を活字で記しておきたい。

思い出写真館

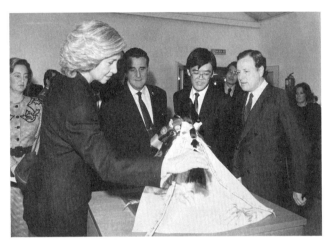

1991年、スペイン在勤時に「日本の人形展」でソフィア王妃に
説明する筆者（右から2人目）

1997年10月31日、陛下とアスナール・スペイン首相のご通訳を
務める（© Agencia EFE）

ハバナの囲碁クラブで

息子の大学卒業式にて

退官にあたり頂いた外務大臣からの表彰状と共に

ＩＯＣのおかげでもらえた、ＣＥＦＲ英語Ｃ２レベルのディプロマ

東京都街なか観光ボランティア、
外国人おもてなし語学ボランティアのＩＤ

通訳ボランティア中の筆者

著者プロフィール

中村 一博 <small>（なかむら かずひろ）</small>

1952年7月6日生まれ。京都府出身。
大阪外国語大学イスパニア語科3年次に外務省中級職員採用試験（スペイン語）合格、大学を中退し入省。その後、慶應義塾大学通信課程法学部政治学科を卒業。外務省では、ウルグアイ、ボリビア、キューバ、ベネズエラの臨時代理大使、陛下のスペイン語通訳などを務めた。
退職後は、東京都外国人おもてなし語学ボランティア、東京都街なか観光・都庁案内ボランティア、東京オリンピック・パラリンピック日英西多言語ボランティアとして活動。
多言語学習ブログ「You can 2020」代表。

youcan2020.com

ノンキャリ外交官 万事塞翁が馬の半生記
まさか、語学苦手、外国人恐怖症の私が!?

2023年6月15日　初版第1刷発行

著　者　　中村 一博
発行者　　瓜谷 綱延
発行所　　株式会社文芸社
　　　　　〒160-0022　東京都新宿区新宿1−10−1
　　　　　　　　　　電話　03-5369-3060（代表）
　　　　　　　　　　　　　03-5369-2299（販売）

印刷所　　図書印刷株式会社

ISBN978-4-286-24187-6